生涯育ち盛り

汲田克夫
KUMITA Katsuo

文芸社

もくじ

序

「人生の意味は単に幸福になることではないんです。
人生の意味は豊富な経験を積むということなんです。
この豊富な経験を積むということ自体が
人間が輪廻転生をする意味なんです。
悩みがあるでしょう。
それは有難いことなんです。
心の中に富を積むことなんです。
別に苦しめと言っているのではないんです。
ただ苦しみのない人生はありません。

悩みを抱きしめていったときに
新しい経験を人間は積んでいくのです。
大病する人がいるでしょう。
そんな貴重な体験は誰にでもできないんです。
悩みの中において人生の花を咲かせるということです。
人間の本当の救いは現在のただ今の中に
どのような環境におかれようとも
現在のただ今、その場において
一輪の花を咲かせるということなんです。
苦難の中において花を咲かせ、輝くということです」

（「荘子の霊訓」より）

私は一九三一年生まれで、長野県松本市城東一丁目が生誕地です。

妻が最近こんな短歌を作っています。


口笛のうまき夫《つま》とは知らざりき背中はまるくなれども少年　　千穂子

妻に、この短歌はどういう意味かと聞きましたら、こう言いました。

「見かけは確かに老人で、頭髪は白く、背中は丸みができているのに、心は無邪気で、〝生涯育ち盛り〟をモットーに、少年のように夢をもって燃えている」

と。妻は私をこのように見ています。


私は、視点を次の三つに定めて、半生を振り返ってみたいと思います。

第一の視点は、「私はどのような役割（使命）をもって生まれてきたのだろうか？」ということです。

第二の視点は、〝十歳までのいのち〟と言われたくらい、虚弱であった私が、「この歳まで生きられたのは？」ということです。

第三の視点は、遭遇した「『ピンチ』を『チャンス』に変え得たのは？」ということです。

第1章　私はどのような役割（使命）をもって生まれてきたのだろうか

本来の「自分の使命（役割）」にすぐ気づく人は皆無でしょう。ほとんどの人は、自分に与えられた役割を果たしていく中で、気づかされるのではないでしょうか。つまり人生は、目には見えない存在に導かれているように思います。

役割を果たしている間に、これは人の役に立ち、人に喜ばれる、自分も楽しいし、自分の得意なことでもある……それが本来の「使命であり、役割である」と私は気づいたのでした。

旧制松本第二中学校で級長に任じられ、また押されて応援団長になり、周りの学友達が支えてくれて役割を果たしてきたときに、この役割は私に向いているなあと思いました。

応援団長をやっていたときに、甲子園野球大会の予選で、母校が強豪・松商学園と対戦しました。

あいにくその日は、学校林の手入れが予定されていて、全校生が応援に行けません。しかしどうしても応援に行きたいという声が上がり、応援団長の私に対して、学校の責任者に予定の変更を交渉してほしいという要望が強く出されました。

そこで、私が代表で教頭先生にお願いにあがりましたが、いまさら変更はできないということでした。

それでは校長にお願いにいってほしいということになり、校長に願い出ました。

すると、校長は物分かりのいい方で、

「変更した場合、その学校林の日に生徒が出てくれるか、君はその責任がもてるか？　もてると約束してくれるなら、職員会議に諮《はか》ってみよう」

と言ってくださいました。

「はい、もてます」と私は答えました。

その結果、予定日が変更され、応援に行くことができました。試合には負けましたが、みんなは満足でした。

私は全校生に訴えました、「校長先生の信頼に応えよう」と。

そして学校林の日、ほとんどの生徒が学校林の仕事に参加してくれました。ほっとして、とても嬉しかったです。

「信頼すれば、信頼される」、「相手の〝まごころ〃を信ずると、相手は〝まごころ〃をもって応えてくれる」という感動の体験は、自らの役割・使命を自覚する上で貴重でした。

〝まごころ〃と〝まごころ〃を結びつける媒体になることが、「応援の使命」なのだと教えられました。

「得手《えて》に帆を揚げる」という諺《ことわざ》があります。

その意味は、「自分の得意なことをするよい機会がやってきて、大いに張り切る」（『成語林』旺文社）、「待ち設けた好機が到来し、のがさずこれを利用する」（『故事ことわざ辞典』東京堂出版）ということです。

その人の役割・使命を自覚する機会というものは、きっといつか来るものだと信じています。

「生長の家」創始者の谷口雅春先生は、「〝今〟を生かすのが使命である」と、次のように述べておられます。

「神が、あなたを此世に生みたまうたのは、何らかの使命を与えたまうたのである。だからあなたにとって必ず適当な場所があるに違いないのである。その適当な場所とは一つの所に限られていないのである。赤ん坊には揺りかごが適当の場所であり、やがてやや成長すれば小学校が適当の場所であり、次いで中学、高校、大学等と進むのである。『どの場所にいるのが使命を果たすに適当な場所ですか』『自分の使命をもっとはっきり判ればよいのですが』とたずねる人もあるけれども、その人がその場にいることがその時における使命なのである。やがて大学を卒業した後には、使命の最後の段階に進んで来るのである。人生には幼児期もあれば、少年期もあり、青年期もあるのである。ともかく、いかなる場合にも『今』を生かして全身全霊の誠を尽すべきである。」（『真理』第十巻、一一一頁）

谷口雅春先生は、またこうも述べておられます。

「神が『汝これを為せ』と吾々に使命をハッキリ与え給うまで何事をもしないで待っているようなことでは機会を逃してしまうのである。吾々の最後の究極的使命は、遥か遠くに雲の中に霞んでいる景色のようなものであって、吾々が今一歩一歩前進しなければ、その使命が何であるかがわからないのである。一歩前進すれば一歩だけ前方の景色がハッキリしてくるのである。今眼の前に横たわるあなたの仕事を忠実に実行することは一歩前進することになり、それだけ本当の『使命』に近づきつつあるのである。まだその『使命』が何であるかがハッキリわからなくとも、それは前進すればするほどハッキリしてくるのであるからそんなことは別に気にかけずに、今眼前の仕事に誠心を尽くすことだ。」（前掲書八巻、一九三頁）

「人間万事塞翁が馬」という諺があります。同じ意味の諺に「禍福はあざなえる縄の如し」「禍は福のよる所、福は禍の伏する所、禍も幸いのきざしとなる」というものがあります。

私は旧制中学四年からいわば「飛び級」で旧制高校に入学しました。これは最後のチャンスでラッキーでしたが、学制が変更になって旧制高校が消滅したために、一年修了で新制大学を受験せざるを得ませんでした。

そして私の中にいささか慢心があったために受験に失敗し、浪人せざるを得なくなりました。さらに二回目の受験には、当時占領軍によって課せられた「進学適性検査」で、全国平均より一点低かったために、学力試験を受けられませんでした。この不合格は大ショックでした。

試験の名前が「進学適性検査」というので、私には「進学適性」がないのかという疑問が生まれました。一体人は「何のために大学で学ぶのか」、その「適性とは何か」ということを真剣に考えましたが、先生方に聞いても分かりませんでした。

しかし、私には夢がありました。中学二年生のときに、若き特攻隊員を見送った際、「後のことは頼む」と彼らに言われ、敗戦を迎えたとき以来、日本の政治が間違っていたから負けた、自分は政治家になって日本の政治を担わねばならぬ、それにはまず中央官僚になって行政を学ぼう、そのために東京大学の法学部を目指そうという「夢」でした。

「そうだ、私には何のために学ぶのか」という目的がある、そして「学ばんとする意志がある」、これこそ「進学適性」の資格である、そう自問自答して心機一転、迷いがなくなりました。「やる気」が生まれたのでした。

吉野山ころびてもまた花の中（柳宗悦句）

まず自分の実力の欠如を素直に認め、母校の新制高校に転入学しました。

これが私の「脱皮」でした。「汲田は、まぐれで旧制高校に入ったのだ」という声が聞こえてきましたが、それを気にせず、しかも押されて応援団長になり、運動部の選手達を激励してきました。

その結果かどうか分かりませんが、何と四つのクラブが県下で優勝し、愛知県での国体に出場できました。

また、演劇部から依頼され、『破戒』（原作・島崎藤村）の上演では会場整理と、照明係を務めました。実に楽しい一年間でした。おかげで「旧制」と「新制」の両方の高校生活を体験できました。

そして、第三回目の受験では無事合格できました。しかし、「何のために人は学ぶのか」を考えさせることのできる教師になろうと進路変更をして、文科二類に入りました。おかげで、教師という天職に恵まれました。

「自分の使命（役割）」を自覚できたのは、大学受験で失敗したおかげで、まさに「人間万事塞翁が馬」でした。

田坂広志氏はこう述べています。

「幸運は、不運の姿をしてやってきた」と。（『教養を磨く』六十八頁）

私の場合もそうでした。

私は五十歳台、大阪教育大学で教員を務めながら、日曜日、当時不登校児の子どもや自信喪失した教師の心身を鍛える「創造健康学園」で、依頼されてボランティア校長をしていました。

ここは主として心身症の人の健康管理のための合宿健康道場で、私の仕事は畑作業・ハイキング・連句（集団詩）などを共にすることでした。

学園長の木村裕昭先生（元外科医）はカウンセラーで、私はよく先生のカウンセリングを見学していました。

あるとき、木村先生は私のことを「カンゾウ」と呼びました。私は「いいえ、カツオです」と言いますと、先生は「お前さんはカンゾウだ」と言い張るのです。私が「どうしてカンゾウなんですか？」とお聞きしたら、漢方薬に詳しい木村先生は、こんなお話をされました。

「カンゾウというのは、甘い草と書き、マメ科の多年生の植物で、その根を干して大昔から薬に使ってきた。また甘い味がするので、甘味用にも使ってきた。薬用としては、整腸剤、鎮痛、せき止めであるが、単品としてはそれほどの威力はなく、その根はもっと別の働きがあるのだ。

漢方薬というのは単品では使われず、幾つかのものを複合して使うのが普通だ。そして、幾つかのものを混ぜ合わせるときにこの甘草を入れるのだ。そうすると、それぞれが持っている毒が消されて、そのもののいいところだけが引き出され、全体として調和し、いい薬になるのだ。売薬の成分を見れば〝カンゾウ〟が書かれているものが多いはずだ。

甘草の働きを発見した人はすごいと思う。まあいえば、甘草のおかげで漢方薬の副作用が少なくなり、漢方薬が安全なものになったわけだ。このように、甘草は〝媒体〟として優れた働きがあるのだ。

実は、こういう働きをする人間が社会にも必要なのだと思う。どの家庭、どの町内にも、どの職場にも、どのグループにも、甘草のような働きをする人がいるのといないのとでは大違いだよ。甘草のような人は、人と人とを繋ぐ役割をしている組織の陰の要なのだ。その働きで、組織全体が調和し、それぞれの構成員の持ち味というか個性が遺憾なく発揮されて、みんなが生き生きとしてくる。それには甘草のような存在が欠かせないというわけだ。

ところで、この甘草は全く『我』を出さないからその役割を果たせるのだ。それぞれの持っているいいところを認め、それを引き出し、お互いに共通の目的のために手を繋ぐように陰の働きをする目立たない存在なのだ。甘草の偉大なところは『我』を捨て、自己顕示をしないところだ。『我』を出さないのが、優れた媒体の特性なのだと思う。

今のお前さんの職場でも、お前さんに、甘草の働きをしてもらうことを期待しているんじゃないかね。そうだと思うよ。お前さんは、実はそういう働きをいつかしてくれると期待されて、今日まで大事に育てられてきたのだ。私は、お前さんに甘草の役割・使命を自覚してほしいと思って、カンゾウと呼んだのだ。分かるかね」

木村先生は、私の役割・使命を教えてくれた恩人なのだと感謝しています。

それ以来、私は自分の役割・使命を忘れないように「甘草」という俳号をつけることにしました。

私が六十歳になったときのことです。

大阪工業大学の伊藤冨雄学長が、大阪教育大学の西田文夫学長に面会しに来られました。

要件は、大阪工業大学では教員養成をしているのに、専門の教育学の教授がいないから、一人譲ってほしいということでした。

西田学長は私を指名されました。そういうことで、私は大阪工業大学に転勤することになりました。

大阪工業大学では私を特任教授として迎えてくれました。ただし、条件としては、教育学関係以外の科目として「倫理学」を担当してほしいということでした。

私はそれまで倫理学を担当したことはありませんが、それでもいいですかと、伊藤学長に申しました。すると、「大学生にとって日常の役に立つ〝修身〟を教えてやってほしい」と言われました。

私は当時、「実践倫理宏正会」（いわゆる〝朝起き会〟）に参加しておりましたので、会のテキストを使い、講義をいたしました。

私は大阪工業大学に赴任してから、どの講義でも毎回感想文（質問を含む）を受講生に書いてもらうことにしました。そして、その感想文を次の講義までに全部読んで、その中から受講生に読んでほしいと思う文を選び、加えて質問はほとんどワープロで入力し、印刷して、次の講義に配布し、それについての私の見解を述べることにしました。

それによって受講生は意識を集中して聴講するようになり、私自身も、講義をより分かりやすくし、彼らの問題意識に応えるように努めることができました。

次の感想文は、その中の一つです。

「今まではこういった感じの講義を受けたことはなかったので、はじめはただの単位稼ぎが目的で教室にいましたが、一度自分の感想文がプリントに載ってから気持ちが変わって興味を抱き始めました。倫理というのはあえて教わるのではなく、子どもの頃から親のしつけや育つ環境が大きく左右するのではないかと、今になって思います」（三回生、Ｓ・Ｈ）。

プリントを通して他にも見られ、認められるということや、自分の感想文についての教師の見解が聞けたということで、講義に積極的に参加をするようになった例がたくさんありました。

　感想文を通して、受講生と教師との間の心の交流がいかに大事かということを学びました。一度、感想文がプリントに載ると、以降その受講生は問題意識をもって講義を聞くようになり、より充実した感想文を書くようになるというのが一般的傾向でした。ですから単に感想文を書いてもらうだけでは不十分で、それについて教師がコメントすること、フォローすることが受講生達の意欲に火をつけるのだと分かりました。

　ある受講生は次のような感想文を書いてくれました。

「私はこの講義を受けるまでは、倫理というものを深く考えたこともなかった。だがこの講義を受けることによって、倫理の大切さ、普段何気なく生活している中で、倫理というものが重要なウエイトを占めていることがよく分かった。この講義を受けなければ、毎日が何事もなく、ただつまらなく過ぎていくところだった。だからこの講義に、いや、先生には感謝している。これからもこの講義で吸

収したことを忘れずに、毎日の生活にハリをもって過ごしていきたいと思う」（三回生、Ｔ・Ｍ）

私は次の三つをテーマにして講義しました。

一つは、よくも悪くも「自分の蒔いた種は自らが刈り取らねばならない」という因果律であり、自己責任の原理です。

二つ目は、「目的意識」の大切さとその積極的追求、自利利他の精神で、目標のある生活を勧めること。

三つ目は、自分に起こったことは、損だ得だ、好きだ嫌いだ、嬉しい嬉しくないとか言わず、とにかくありのままに認めて受け入れ、その上で積極的な対処の仕方を考えよう、つまり「万象受容」「現実大肯定」の原則です。

この三つのテーマを、歴史的事実、故事、諺、自分自身の体験を交じえて講義しました。

学生達からは、「要するに倫理とは何か」という質問が繰り返しありました。

私は「人間として当たり前のことを当たり前にすることだ」「人間として為すべきこと（当為）を為すことだ」と言ってきました。

「当たり前」とは何か、「為すべきこと」とは何か、皆さん一人一人が考えてみてくださいとも言いました。

実は「当たり前」とは何かについて、内なる良心（真我）は分かっているのですが、我欲・こだわり・わがままの心・惰性（慣性）など（低級我・ニセものの自分）がそれを認めることに抵抗しているのではないかと述べてきました。

例えば、雨が降って寒い朝、大学で講義を受けるべきだとは分かっていても、寒いからサボってしまえと休んでしまうような例でも分かります。

倫理の道は、自分の心を見つめ、絶えず反省し、セルフ・コントロールして自己浄化し、軌道修正することではないか、これについて、哲学者のカントが「自律には激情の克服が大切だ」という意味の話をしていることも話しました。

まず教師の私自身が自分の言行に責任を持たなければ、言ったことが嘘になり信用されなくなります。私自身が実際の行動において責任を持つということを常に念頭に置いて行動するようになりました。教師は「公人」としての自覚をもたなければならないと思います。倫理の基本である自己責任を、倫理学を教える教師がまず率先して実行しなければならないのです。

ある学生が感想文にこう書いていました。

「先生が（授業の）五分前に来られているという姿勢には驚いた。私はこの倫理学を受講して考えが確かに変わった。」

現在の学校教育においては、人間の本質について、生命《いのち》とは何かについて、人間の内面理解について、人と人との関係のあり方について、心の法則について、人類がこの世に生きていること、この世に生まれてきたことの意味について、死とは何かについて、人間の精神的進化とは何かについて、人間の真の美しさ・素晴らしさについて、人間は何によって人間らしいかについての勉強などが、徹底的に欠けていると思います。

私は五年間、倫理学の講義をさせていただき、その講義を熱心に聞いてくれた学生諸君に感謝するものです。


あるとき、受講生の一人が研究室に来て、こういう話をしてくれました。

「今日、卒業制作に講評がありました。担当の先生が、私の卒業制作について、これにはこういう欠陥があると指摘されました。実は今まで何回となく、その先生に制作を提出していましたが、一度もそういう指摘をされたことがありませんでした。おそらく先生は私の制作をよく見ておられなかったと思います。これは明らかに、教師の〝手抜き〟です」と。

私はこの話を聞いて、実はギクッとしました。なぜかと言いますと、私が教師

として初めて赴任したときに、父が私に訓戒したことがありました。

「これを見なさい」と自分の孫の算数のノートを私に見せ、言ったのです。

「この計算は明らかに間違っているのに、何の指摘もせず返している。これは先生の〝手抜き〟だ。魚屋は手抜きをすれば、お客さんは来なくなって倒産する。しかし、先生は手抜きをしてもクビにはならないが、堕落する。お前は手抜きをするようになったら、すぐ先生を辞めなさい」

受講生の話を聞いて、あらためて父の訓戒を思い出し、襟を正す思いでした。


私が半世紀に及ぶ教師生活で、一番心に残ったのは次の学生の言葉でした。

大阪工業大学に勤務していたとき、あの阪神・淡路大震災がありました。

ある受講生は以後、授業に出て来なくなりました。ところが、新学期になって授業に出てきました。そこで、その学生はこういう体験談を話してくれました。

「この震災で、両親と妹が神戸で家の下敷きとなり、その上火災で焼け死にました。私は大阪で下宿をしていて助かりました。

私は生きる意欲を失いました。ふと、焼け落ちた自分の家を見たくなり、行ってみますと、何と焼けただれた木から新芽が出ていました。びっくりしました。この新芽は、両親と妹からの、私に「生きよ」というメッセージのように感じました。

私は、母が作ってくれた温かいご飯のおにぎりが大好きでした。汲田先生の講義は、母の作ってくれたおにぎりのようです。それで、私は今日、先生の講義を聞きたくてまいりました」

この学生の言葉は、私の半世紀に及ぶ教師生活で最も嬉しい励ましの言葉でした。私は教師をやってきてよかったと思いました。

大阪工業大学での在勤四年目のとき、私に転機が訪れました。

当時、宮崎県では県立の看護大学の開設が準備されていました。文系の教員で、三科目担当の教員の目途が立たず困っているようでした。期限までにその担当教員が揃わなければ、開設の時期を一年間延期せざるを得ないという事情がありました。

不思議なことに、学長予定者の薄井坦子氏（当時千葉大学教授・看護学）がたまたま歯の治療に行って、待合室で「産経新聞」を読んでいたら、私の投稿原稿が掲載されており、そういえば大学時代にインターカレッジで勉強した仲間の一人が、東京大学の学生の私であったことを氏が思い出し、すぐに私のところに電話をかけてこられたのです。

薄井氏は御茶ノ水大学の出身で、卒業後東京大学の医学部に転入学された方でした。薄井氏は私に業績表を見せてほしい、ということで、それを見て、氏は私を文部省（現・文部科学省）の審査にかけたところＯＫとなり、私に宮崎県立看護大学に来てほしいということになりました。

実は、妻の実家が大分県の日出町にあり、定年後は九州に住んでみたいと思っていましたので、妻と相談して行くことにしました。

私が三科目（学問論・指導論・生活と倫理）担当でＯＫが出たのは、大阪教育大学・大阪工業大学での授業科目が評価されてのことでした。

私は、ここで一つの教訓を得ました。それは、与えられた仕事を好き嫌いせずやっていれば、未来につながるということです。

宮崎看護大学の四年目のときも、同志社大学の井上勝也先生から、教員養成のための「道徳教育の研究」の科目を担当してほしいとの要請がありました。私がもし大阪工業大学で、「倫理学」を担当していなかったら、その要請はなかったでしょう。未来は「今」の中にあるということです。

宮崎では、実践倫理宏正会（朝起き会）宮崎支部長・福田美代子さんはじめ会員の皆さんから親切にしていただきました。ありがとうございます。朝起き会で学んだ言葉は、倫理を習得する上で、非常に役立ちました。

息子の急死に直面した私には、「現実大肯定」の教えが力になりました。

「現実大肯定」とは「すべての現実を『現実』として、そのまま素直に受け入れ、そのまま認知し受容すること、それが日常生活での現実『大肯定』の態度です……現実の中のプラス面を伸ばし、マイナスを減じて、よりよい調和を求めていくことが肝要です」（上廣栄治『実践倫理講座』天の巻 二十七頁）、「苦難不幸も、じっとその中に身を浸して、静かに直視するとき、必ず解決の糸口、『成就』にいたる実践の筋道が見えてきます。」（前掲書 三十頁）。

「敢行・貫行・慣行」（敢えて行う、貫いて行う、慣れ行う）という教えは、倫理を習得する（身につける）プロセスを示しており、実際実践してみて、よく分かりました。

私は宮崎支部で、朝五時直前に「開会一分前です、姿勢を正しくして、開会を待ちましょう」と言う役をいただきましたので、毎朝遅れずに妻と参加する習慣を身につけることができたことを感謝しています。

「朝起きは、ただ単なる健康法でも、問題解決でも、あるいは成功の秘訣でもないのです。そうした効用は、後からついてくるものなのです」、「夜明けほど人に大自然のすばらしさを体感させてくれるものはありません。大自然のなかで、人は心の底から素直になりきって、今、かくあることへの感謝の思いが湧き上がります」というのが、「朝起き会」の考えです（機関誌「倫風」一九九八年七月号）。

私も、朝起きをしてみて、この主張の正しさを体験的に理解し、大いに推奨するものであります。

第2章　私がこの歳まで生きて来られたのは

母から聞いたのですが、私は「十歳までのいのち」だと医者から言われていたということです。

母は病弱で、身体がもたないからという理由で、私の上の二人の胎児を堕ろしていました。私を身ごもったときも、医者は堕ろした方がいいと言ったそうです。ところが、父がどうしても産んでほしいと言いましたので、母は決意して私をこの世に送り出してくれました。この話を聞いて、私は自分の「いのち」を大切にしなくてはという思いになりました。両親に感謝です。

しかし私は、生後よく病気をしたようです。小児喘息・風邪等々。不思議なことに、両親の仲が険悪になると、決まって大病を患い、両親は私のことが心配で、看病しているうちに仲直りしたと聞いております。まさに「子は鎹《かすがい》」でした。また、子どもの病は両親の心の反映でもあるのです。

私の名前は「カツオ」です。

魚屋の父は、鰹という魚が大好きのようでした。鰹節として、たたきとして、なまりとして、刺身として、多様な使い道のある〝縁起のよい〟魚だからということで好きだったらしく、だから父はおそらく私の名前が気に入っていたと思います。

私は、魚屋に生まれたから「カツオ」と思っていましたが、私の名付け親は、近所の浄土宗林昌寺（長野県松本市）の和尚・川上豊隆氏でした。

私はその川上和尚が創立したばかりの私立光明幼稚園に行くことになりました。

忘れられないのは、お寺の庭でつくられたイチゴを袋に入れて、一人ひとりの園児に手渡しながら「このイチゴの中には仏様が入っているからおいしいよ」と言われたことでした。

確かに、このイチゴはおいしかったです。そのとき私は思いました。「イチゴの中に仏様が入っているなら、私の中にも仏様がいるはずだ」と。

後で気づくのですが、すべての人の中に「仏性」が存在しているという自覚の目覚めでした。

晩年、川上和尚にどういう心境で、あのようなことを言われたのかお聞きしますと、「早い時期に人はみな仏の子だということを知ってほしいと思って、幼稚園を開設したのだ」と言われました。ああ、そうだったのかと納得しました。

私は昭和十三年（一九三八年）に松本市立旭町小学校に入学しました。そのときの私の身長は一〇五センチで、クラスで二番目に背の低い子でした。そして、要保護児童（現在では病弱や、虐待、ネグレクトなど、保護者に問題がある児童のことをいう）でした。

要保護児童は、大抵は貧しい家の子で、栄養不良で、肝油を定期的に呑むようになっていました。

実は、この子らが「いじめのターゲット」にされたのでした。その理由は、将来立派な兵隊になれないからということでした。当時は戦時下でした。休み時間にはよく相撲を取りましたが、勝つまでは土俵を降りられないという約束事があり、要保護児童は泣きながら土俵に立っていました。疲れ果て、なかなか勝てないのです。

すると、担任の先生まで一緒になって、私を「しいな、しいな」とはやし立てました。この惨めな体験は、なんとも残酷ないじめでした。私の当時のニックネームは「しいな」でした。

『広辞苑』によれば、「しいな」とは、「殻ばかりで実のない籾《もみ》。また、果実の実らないでしなびたもの」とあります。誰がつけたか知りませんが、悔しいながらもうまくつけたものだと思います。

郵便はがき

料金受取人払郵便

新宿局承認

2524

差出有効期間
2025年3月
31日まで
(切手不要)

160-8791

141

東京都新宿区新宿1－10－1

(株)文芸社

愛読者カード係 行

ふりがな お名前		明治 大正 昭和 平成 年生 歳
ふりがな ご住所	□□□-□□□□	性別 男・女
お電話番号	(書籍ご注文の際に必要です)	ご職業
E-mail		
ご購読雑誌(複数可)		ご購読新聞 新聞

最近読んでおもしろかった本や今後、とりあげてほしいテーマをお教えください。

ご自分の研究成果や経験、お考え等を出版してみたいというお気持ちはありますか。

ある　　ない　　内容・テーマ(　　　)

現在完成した作品をお持ちですか。

ある　　ない　　ジャンル・原稿量(　　　)

書　名			
お買上 書　店	都道 府県　　　　市区 郡	書店名	書店
		ご購入日	年　　月　　日

本書をどこでお知りになりましたか?

1.書店店頭　2.知人にすすめられて　3.インターネット(サイト名　　　　)

4.DMハガキ　5.広告、記事を見て(新聞、雑誌名　　　　)

上の質問に関連して、ご購入の決め手となったのは?

1.タイトル　2.著者　3.内容　4.カバーデザイン　5.帯

その他ご自由にお書きください。

(　　　　　　　　　　　　)

本書についてのご意見、ご感想をお聞かせください。

①内容について

②カバー、タイトル、帯について

弊社Webサイトからもご意見、ご感想をお寄せいただけます。

協力ありがとうございました。

お寄せいただいたご意見、ご感想は新聞広告等で匿名にて使わせていただくことがあります。

お客様の個人情報は、小社からの連絡のみに使用します。社外に提供することは一切ありません。

■書籍のご注文は、お近くの書店または、ブックサービス(0120-29-9625)、セブンネットショッピング(http://7net.omni7.jp/)にお申し込み下さい。

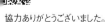

また「いじめ」に遭うかと思うと学校に行くのが嫌になり、よく仮病を使って学校を休みました。学校で、宿題を忘れた子は廊下に立たされます。信州松本は冬、一日を通して摂氏零度以下の〝真冬日〟が、当時は年間二十日ほどもありました。そのような日には、廊下に立たされて小便をしてしまいました。休み時間になって、同級生が出てきて、私を笑いました。惨めな思いをしました。

ニックネームといえば、つけられて嬉しいものと、その反対がありました。

私の場合は、時期によって異なっておりました。それは当然といえば当然です。旧制中学校のときは「ミスター・モリモリ」というニックネームでした。この名をつけた人は、学校で一番指導が厳しいと言われていた英語の三浦重雄先生でした。先生は、勉強をしない生徒に対しては、細い竹の棒で叩いていました。私は一度も叩かれませんでした。

先生は、授業中に私をあてるとき、私の名前を呼ばずに「ネクスト、ミスターモリモリ！」と言いました。おそらく全校生の中で、ニックネームで呼ばれたのは私だけだったと思います。私は、このニックネームを誇りにしています。

旧制高等学校では、同級生がつけた「ダス・キント」がニックネームでした。「ダス・キント」とは、ドイツ語で「das Kind」（子ども）です。私は、当時の全校生の中での最年少でした。たぶん「kindish」（子どもっぽい、幼稚な、幼い）の面と、「kindlich」（子どもらしい、無邪気、かわいらしい）という、二つの意味が込められていたのだと思います。

大学に入ってからは「薄利多売」がニックネームでした。このニックネームはある教授がつけたものです。私が、友達に求められるとよく教えていたからでしょう。同級生がつけたニックネームは「質問魔」でした。

私につけられたニックネームは、私のその時期の特徴を捉えているようにも思い、いまとなっては懐かしいです。

小学校三年生のとき、次兄が腸結核であっけなく亡くなりました。ついこの間まで遊んでくれていたのに、物言わぬ人になったことは、人の死というものを知ったはじめての出来事でした。

母の嘆きは深刻でした。次兄は中学三年生で十五歳でした。次兄は〝書の天児〟と言われており、出展すれば特賞に選ばれていましたし、人柄がよくて美少年で、人にとても好かれていました。

母は、次兄が亡くなる直前、玄関先で次兄が一度も履かなかった真っ白な運動靴を抱きしめて泣いていました。私はこの母の姿を見て、親より一日でも長く生きなくては親不孝だと思いました。

朝学校へ行くのに、友達が私の家に寄って私を呼び出してくれるのですが、父が店にいるときは、私に「うんこしたか？」と聞きますので、恥ずかしい思いをしたものでした。

一度「はい」とうそを言って家を出て、学校へ行く途中で便が出かかり、困ったことがありました。それからは、必ず排便をして登校することにしました。そのおかげで、朝排便する習慣がついたことは一生の宝です。

イギリスの思想家のジョン・ロックはその著『On education』（教育論）に、便秘は下痢より頭の働きにはよくないということを書いています。

後年、愛媛大学に赴任してからのことですが、当時「おちこぼれの子」が社会問題になった頃、小学校の先生方に「おちこぼれの子どもの特徴」を挙げてもらいました。

そのとき、松川太郎という先生が、「おちこぼれの子に、便秘の子が多い」と言われ、調べたことがありました。私は大阪教育大学に転勤して以後も、このテーマで調査と研究を進め、さらに付属の小学校で「排便の習慣化の意義について」授業もさせていただき、私の編著で『排便教育と生活指導』（あゆみ出版）（注）を刊行しました。私は「排便の習慣化」を通しての自主的管理能力の重要性を説いてきました。

（注）『排便教育と生活指導』の目次は次の通りです。

小学校六年生のとき、母が胃潰瘍で亡くなりました。

私はそれを契機に、自立への歩みを始めました。それまで、末っ子の私は母に甘えていました。以後、姉が母代わりをしてくれて、私を励ましてくれました。旧制の中学校へ進学すると私は級長に指名され、軍事訓練・勤労動員ではクラスの先頭に立つ立場になったために、心身ともに健康になりました。

中学二年生の十一月、私は盲腸炎になりました。近くの市立病院で手術をしてもらいました。

しかしその夜、空襲警報が出され、病室の人はみな防空壕に退避しましたが、私と付き添いの姉は動けません。郊外に爆弾が落とされましたが、幸い市内には被害がありませんでした。

愛媛大学の在勤中のことでした。私は急性肝炎になり入院しました。幸い春休みのことでしたので、授業には支障がありませんでした。

入院中に私は精神科医・ウィーン大学教授のヴィクトール・E・フランクルの著書『夜と霧』（みすず書房）を読みました。

フランクルはユダヤ人であるが故に捕らえられ、史上最悪ともいえる極限状況、すなわちナチス強制収容所の〝地獄〟を生き抜いた経験を土台にこの本を書いたのです。

私はこの書を通して、人生の意義を教えられ、生きるエネルギーを与えてもらいました。

ひどい鞭打ちを課する看視兵のもと、重い労働をさせられ、疲労で死ぬ寸前まで体調を壊したフランクルが、四日間の静養生活を送ることになりました。死を覚悟したフランクルのもとに、突然、発疹チフスが蔓延しているテュルクハイム収容所に医師として志願しないかという声がかかりました。

斉藤啓一氏の『フランクルに学ぶ』（日本教文社）には、そのときの状況を次のように説明しています。

「一見すると幸運のように思われる誘いだが、実は過去にもこういう呼びかけがあり、志願して輸送された者が、そのままガス室に送られたこともあった。そのため、同僚の囚人達はみんな反対したが、フランクルは迷うことなく志願したという。

どうせ死ぬのなら、医師として少しでも仲間を助ける可能性にかけた方が、このまま役立たずの土工をして衰弱して死ぬよりは、はるかに意義があったからだ。

……（中略）……

フランクルは、カウフェリング第三収容所を後にした。だが、彼の決断は正しかった。この収容所は、その後まもなく大変な飢餓に襲われ、人肉まで食べるという凄惨な地獄が展開されたからである。最期はナチスによって火がつけられ、囚人達は生きたまま焼かれて殺されたのだった。フランクルは危機一髪のところで助かったのである。

やってきたテュルクハイム収容所で、フランクル自身が、重い発疹チフスに侵されてしまったのである。高熱にうなされ、ひどい苦しみを味わい、今度こそダメだと思い、深い絶望を味わったという。しかし彼は、このとき自分自身にこう言い聞かせたに違いない。

『自分の未来を信じることが出来なかった人間は収容所で滅亡していった。未来を失うと共に彼は拠り所を失い、内的に崩壊し、心理的にも転落したのである』。

未来のことは誰にもわからない。自分としてはただ、自分の生命を信じて、限りなく信じて、全力を尽くすだけではないか？　自分自身への信頼（信仰）をもつことは、人間としての責任の現れであり、義務とさえ言えるのではないか？

……（中略）……

こうしてフランクルは力を振り絞り、なお過酷な運命に挑み続けた。

……（中略）……

フランクルはこう回想している。

『失った草稿を再構成しようという決意が、明らかに私を生き残らせたのだと確信している』と。」（五十八〜六十四頁）。

使命を自覚し使命に生きる人は、フランクルのように困難に遭っても強靭です。そして、大いなるものに護られているように思います。彼の生き方はそれ以後の私を鼓舞し、私の生き方を方向づけました。

愛媛大学教育学部の唐津秀雄教授（保健学担当）は、私が健康教育に関心をもっていることを知って、貝原益軒の著書『養生訓』を読むといいよと勧めてくださいました。

私は教育史で貝原益軒の『和俗童子訓』に興味をもっていましたから、すぐに読んで、「貝原益軒の養生観の特質」という題名の論文を書き、恩師の勝田守一先生の推薦で岩波書店の『思想』に投稿し、その五二八号（一九六八年六月）に掲載されました。

貝原益軒の『養生訓』は、江戸時代の正徳二年（一七一二年）、益軒が八十三歳の時に書かれ、いまでも読まれている本です。藤波剛一氏は『日本衛生史』に、

「貝原益軒の養生訓を以て、江戸時代の養生法は大成したというも過言ではない」と書かれています。

　益軒は次のように述べています。

「人力を以て天命を得る道あり。……（中略）……養生をよくつつしめば命ながし、是人力を以て天命を得る理あり。」（『初学訓』）

「短命なるは生まれ付いて短命にあらず。十人に九人は皆みづからそこなへるなり。」（『養生訓』）

　益軒は寿命に上限（一応、一〇〇年）はあるが、その長短は個々人の主体的努力にかかっているという考えで、「養生」そのものが成り立たせる根拠を示しています。

「生を養ひ、命をたもたんと思はば、その術（養生法）を習はずんばあるべからず。」

「人の命は至りて貴とくおもくして、（養生の）道にそむきて短くすべからず。」

(『養生訓』)(カッコ内は著者)

今日、いかに「健康寿命」を延ばすかが国民的課題となっています。この益軒の指摘は重要です。

端的にいって、益軒の養生法は、「内慾」を自己抑制して、「外邪」の侵入を防ぐということにあります。「内慾」の克服とは、欲望と感情の自己統制です。益軒は「中を守る」ことを前提として、「寡慾」の重要性を強調しました。

益軒の養生法は「身は忙しく、心は静かに」でした(私は「心は静か」に、そして「朗らか」でありたい)。

今、薬害が問題になっています。益軒は「自然治癒力」を大事にし、こう述べています。

「病の災ひより薬の災ひ多し。薬を用ひずして、養生を慎みてよくせば、みだりに薬の害なくして、癒やすかるべし。」(『養生訓』)。

今日、私達は益軒の養生法から学ぶところがたくさんあるように思います。私自身の健康管理にも、益軒の考えを参考にしてきました。

私は愛媛大学に七年間在職し、先輩の勧めがあり、大阪教育大学へ転勤しました。転勤後まもなく、あの〝学園紛争〟が始まりました。学生部長（当時は補導部長と呼称）が全共闘の諸君に包囲され、何やら要求を突きつけられていました。ところが、部長の柏原健三先生（体育学担当）は平然と黙ってただニコニコしているだけです。この方はどういう人なのだろうか、不思議でした。

後で分かったことですが、彼は東京高等師範学校生のとき、学徒出陣し、陸軍の航空将校として関東軍に配属されていて、シベリアに二年間抑留された体験者でした。シベリア体験に比べたら「あんなことは大したことではない」と言っておられました。

紛争が長引くにしたがって、役職の先輩教授が次々に病に倒れ、やがて私が学生部長に指名されました。

当時はこの学生部長職は激務で、病気を理由に断る人がおりました。私もどうしようか考えましたが、引き受けることにしました。

当時、大阪教育大学は入試における障害者差別の問題も抱えていました。学生部長との団交になりますと、五、六時間に及ぶことがありました。

私も疲れ果てていました。さらに家に帰ってくると、夜中の十二時に女性の声で「池田分校に来たら殺す」という電話が毎晩かかってきました。脅迫電話です。いつしか、恐怖心で眠れなくなりました。全共闘との団交の前夜は酒を飲んでいました。

ある朝のこと、気がつくと私は家の近くの近鉄電車の線路の上を歩いていました。多分、自殺衝動だったと思います。すぐ家に帰りました。

その頃、天王寺分校の近くのユーゴーという書店で、谷口雅春著『生命の実相』という本が目につきました。

実は、それまで「生長の家」総裁・谷口雅春という方を全く知りませんでした。

全四十巻を通勤途上に読み、初めて「人間の本質」を学びました。

要するに、人間の本質は霊的実在で、肉体は滅びても魂は永遠であることが納得できて、恐怖心から脱出し、元気が出ました。

私は、「生長の家」に入って学んだことはたくさんありますが、最もありがたかったこと、よかったことは四つあります。

一つは、「神は愛であり、宇宙を貫く法則であること」「神に愛され、神の愛によって護られ、神の智慧によって導かれているから大丈夫」という神の存在の確信と信仰による安心感を得られたこと。

二つ目は、「大いなるものに生かされている」という感謝の心が持てたこと。

三つ目は、「人間は皆、同じ神の命を共通にいただいている兄弟姉妹である」という自他一体感を得られたこと。

四つ目は、「教育の根本は、子どもに宿る無限の可能性を信じ、その子どもに内在する固有の良さを発見し、それを賞揚し、言葉の力を活用して励まし、伸びる力を発揮させること」という教育の本質を学んだことです。

私の目指すところは「生涯育ち盛り」です。人間は、神の生命・愛・智慧・無限力が内在した存在です。これらすべてを活かし切り、顕わして生きれば、必ず「生涯育ち盛り」の生き方が可能なはずです。このような生涯を送ることが私の使命ではないかと思っています。


その後、カウンセラーの木村先生に現在の悩みを打ち明けると、先生は言われました。

「あなたは学長か？　部長は部長の職務だけに専念しておればよい。大学の責任者は学長だ」と。

「そうだ、私は思い過ごしをしていた」と自分の意識過剰に気が付きました。

私を補佐してくれた学生部次長の柏木茂氏（大学の一年先輩）には本当にお世話になりました。団交の後は、彼とは赤のれんで一緒に酒を飲みました。

学長が倒れて、辞任をしたのを契機に、私も学生部長職を辞任しました。任期一年を残していました。

ところがその後、新設の教養学科長（学部長相当）に六年間、さらに宮崎県立看護大学で学生部長職を四年間と、計十年間の管理職を務めることになりました。貴重な体験でしたが、あの残された任期一年の重みも感じたことでした。

実は、大阪教育大学に在職中に、妻が四十六歳の若さで肝臓がんで亡くなりました。

私は、愛媛大学に赴任すると同時に結婚しました。当時、研究費は少なく、長男が生まれてから間もなく、妻は看護師として働きました。乏しき生活費の中から、私は欲しい本を求め、読ませてもらい、今日があります。妻の理解と援助のおかげです。妻は晩年、鍼灸師として、自分の体がしんどくても、患者のために一生懸命に診療していました。彼女はよく働きました。

今日あるのは、彼女のおかげです。ありがとう!!

それから三年後に今の妻と再婚し、おかげさまで以来ほとんど病気らしい病気もせず、健康で過ごすことができました。

宮崎県立看護大学に転職してから、朝起き会に出て、素晴らしい友人を得、妻と一緒にテレビ体操を始めました。それから三十五年間、朝と夕に二回体操を続けてきました。「生長の家」の教えを実践しつつ、今日に至っています。

最近血液検査をしてもらいましたが、全項目を通して基準値内でＯＫでした。満九十一歳まで、よく生かされてきました。目には見えない大いなるもの（神様）、ご先祖様、守護霊、そして私を支えてくれるすべての存在のおかげです。ただただ感謝です。

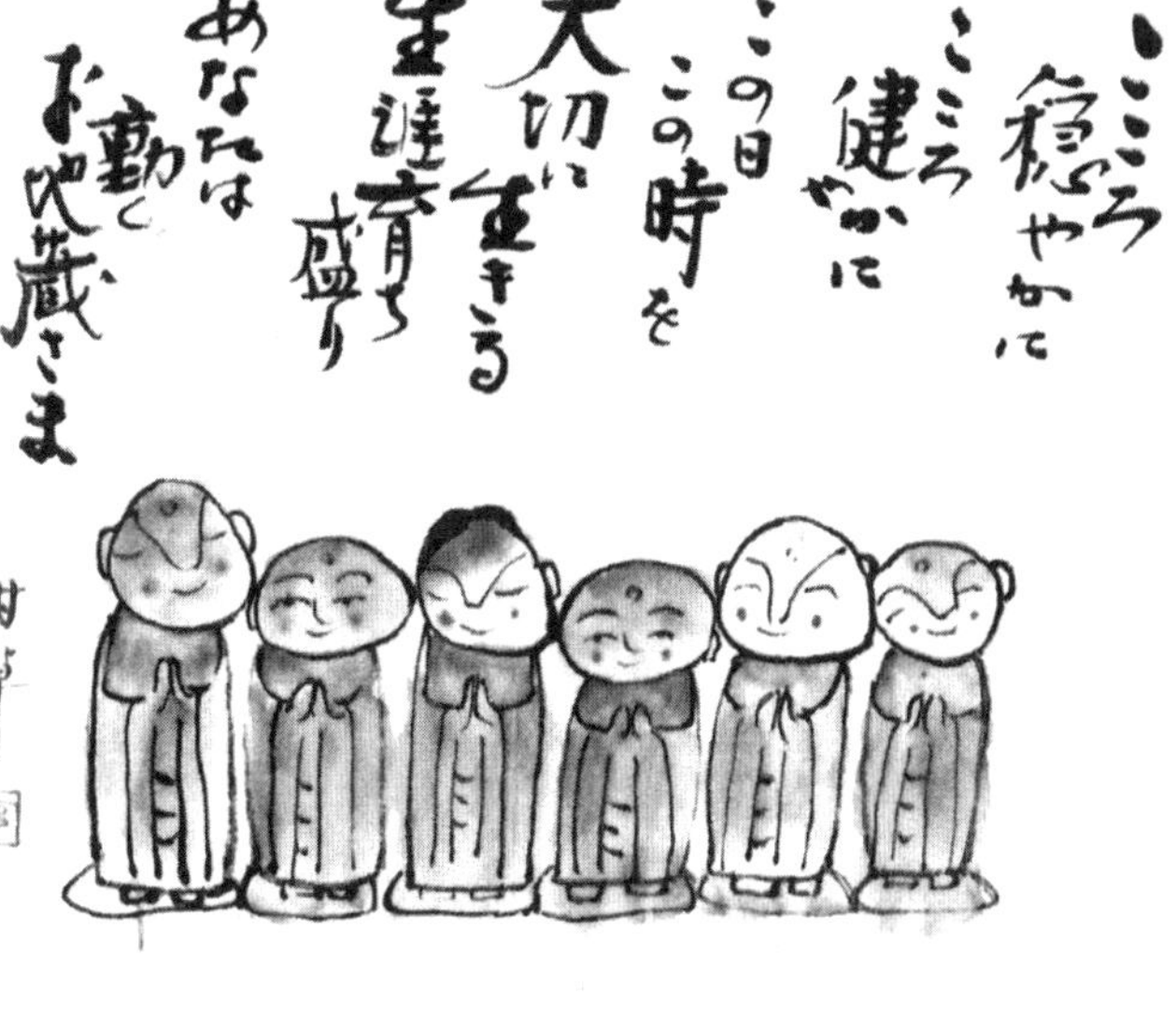
こころ穏やかに
こころ健やかに
この日この時を
大切に生きる
生涯育ち盛り
あなたは動く
お地蔵さま

第3章　「ピンチ」を「チャンス」に

今まで、何回となく「ピンチ」に遭いました。その都度、周りの人達に助けられ、「ピンチ」を成長の「チャンス」に変えることができました。

小学生の頃、よく「いじめ」に遭い、よく泣く子でしたので、いじめる方にしてみれば、「いじめ甲斐」があったのかもしれません。あるとき、私はいじめられ、泣いて家に帰りますと、母は私にこう言いました。

「心に錦をまとっていたら、淋しくないよ」と。

この意味深い言葉を、私は「毅然としていなさい」と理解しました。

この言葉で私は励まされ、学校では独り遊びをして、「いじめっ子」にへつらうことをしませんでした。すると、いじめっ子の方から「一緒に遊ぼう」と言ってきました。それから、私はいじめられなくなりました。

母の一言が私の自尊感情を鼓舞してくれました。

いじめに遭っているわが子に、同情するのではなく、母は〝本来のあなたらしくありなさい〟と教えてくれたのでした。

「生長の家」日訓に「同情されたいと思うと、同情されるような境遇を引き寄せる」というのがあります。同情されずによかったと、今は母に感謝です。


前にも書きましたが、私は小学生の頃、よく宿題を忘れて、廊下に立たされました。真冬日、廊下に立たされてこらえ切れず、おしっこをしてしまったことがありました。

ベルが鳴って、休み時間になると同級生が教室から出てきて、「かっちぁ（私のこと）、またやっちゃった」という嘲笑の言葉を聞いて屈辱感を強く持ちました。私後始末をしながら、「今にみてろ！」と心で叫んでいた自分がありました。

はこの屈辱感を奮起に変えて、その後の人生を生きてきたように思います。

学校ではいじめに遭いましたが、地域の遊び仲間からいじめられたことはありませんでした。


当時、国宝松本城を描く小学生の絵画コンクールがありました。入賞すると、クレヨンなどの画材道具をいただけましたので、みな一生懸命に描いたように思います。

私は視力がよくて、お城の最上段だけを描いて担任の先生に提出したら、先生は「これは松本城ではない」と言われました。それ以来、私には絵を描く才能がないのではないかと思って、絵を描くことをしなくなりました。練習をしなければ、上手になるはずがありません。

教師の一言は子どもを励まし、才能を伸ばす場合もあり、またその半面、何気ない一言で劣等感のとりこにし、伸びる才能も萎縮させてしまうこともあるということです。「言葉の力」は「両刃の剣」なのです。

その後、絵を描き始めたのは、妻の勧めで入った絵の講習会で、久保田聖淳先生から最初に与えられたお手本がよかったのでしょう、描いてみたら大変気に入り、絵を描くことの喜びを知ったのでした。特に、お地蔵様を描くことが好きになりました。「好きこそものの上手なれ」です。

勉強でも好きになれば、ひとりでにやるようになるものだと思います。結果として上達します。

その後、安川真慈先生の指導をいただき、構えずに絵を描くことを覚えました。

一九四五年（昭和二十年）四月、米軍はついに沖縄本島に上陸してきました。郷里の松本の陸軍特攻訓練基地からの特攻機が、知覧から沖縄へと飛び立っていきました。私達中学生も基地整備に駆り出されました。

宮崎出身の永峰肇さん（十九歳）は次の辞世の歌を残しておられます。

南海にたとえこの身は果つるとも幾とせ後の春を想えば

（宮崎県護国神社の歌碑より）

「幾とせ後の春」と言うのは、今日の私達の平和な生活です。私達のために特攻隊員の先輩達は、捨身献身されたのです。このことを感謝の思いで忘れてならないと、自らに言い聞かせ、学生達に伝えてきました。

私はこの基地より飛び立っていった特攻隊員が、知覧の基地へ行ったことが忘れられませんでした。

後年、宮崎県立看護大学に勤務することになってから、同僚と知覧平和公園へ行きました。そこには、この基地から飛び立って沖縄へ出陣した特攻隊員の遺書が残されています。その中の一枚の色紙が心に残りました。その遺書（色紙）を読んで、私は次のようなことを書きました。

「『私は無敵である』と書いたその横に、小さくはっきりと『但し、クリスチャンではない』と添え書きしてありました。この色紙を見て、なぜこの方はわざわざ添え書きをしたのだろうと不思議に思いました。ここからは私の推理です。

この方の肩書は陸軍少尉でしたから、学徒兵だったかもしれません。この若者はひどく生真面目で、正直で、純粋で思いやりのある人だったのでしょう。

自分には敵を憎む気持ちなど毛頭ない。しかし。自分には国民としての務めがあり、逃げるわけにはいかない。『無敵』には〝圧倒的に強い〟という意味と、文字通り〝敵なし〟の意味があります。この若者の気持ちは後者であったかもしれません。私は憎しみから戦うのではないという気持ちを伝えたかったのではないでしょうか。もしクリスチャンである、〝非国民〟と疑われたら家族に迷惑がかかるかもしれない、そういう思いがあって添え書きをしたのではないか、そのように私には感じられました。」

私は、この若者の心根を感じて、涙が頬を伝って流れました。
君のようなつらい目に誰にも遭わせない世の中にするために、精一杯生きていくことを誓うよ、安らかに眠ってください、そう願ってこの地を離れました。

私の郷里の松本の出身で、この基地から飛び立ち散華した人がおられます。特攻隊員の上原良司さんです。図らずも、私がこの知覧平和公園に訪れた日が五月十一日、上原さんの祥月命日でした。

この方は慶応大学在学中に学徒出陣しました。出陣する前夜に書かれた「所感」には次のような言葉があります。

「（前略）明日は出陣です。一器械である吾人は何も言う権利はありませんが、ただ願わくば愛する日本を偉大ならしめられん事を、国民の方々にお願いするのみです。……（中略）……世界どこにおいても肩で風を切って歩く日本人、これが私の夢見た理想でした。（後略）」（『きけわだつみのこえ』岩波書店より、十八

～十九頁)。

あれから八十年、なんという有為な若者達が「幾とせ後の春」を願って捨身されたことでしょう。この先輩達の魂の叫びを心に刻んで、これから人生を生きたく思います。

私が大学受験に失敗し、二浪したときは、自信を失いかけていました。しかし、父は私を信じて、待ってくれました。しかも、最初の不合格のときは、古道具屋で空気銃を買ってくれました。「もっとしっかり勉強しなさい」とは言いませんでした。二度目の不合格のときは、ドイツ製の「コレレ」というセコハンのカメラを買ってくれました。この「来年こそは頑張れよ」という父の気持ちが痛いほど分かりました。

この父の思いやりに応えたい(response)と思いました。

「責任」（responsibilty）とは「信」に応えることだと教えられました。〝三度目の正直〟で合格できて、ほっとしました。

私の父のことを思い出しては、相手の本来のすがたを信じて、「時を待つ」ことの大切さをかみしめています。

「父が呼び給う」

中学生になった時から
父は　私を「かつおさん」とさんづけで呼ぶようになった
それまでは「かっちゃ」
急に「かつおさん」と呼ばれて
私はテレくさく　とまどった
何か他人行儀にも思えたが

父の思いはそうではなかったようだ
一年前　私は母を亡くし　統制経済で家業もきびしい
父は私を「かつおさん」と呼ぶことで
私の自覚を促そうとしたのではなかったか
今にしてそう思う
夕方　お客さんで店がいっぱいになり
人手がたりなくなると
父は大声で「かつおさん」と　私を呼んだ
気合の入った父の呼び声に
私の手伝いを切に求め頼りにしているという
強い響きがあった
私は「ハイ！」と返事をし
勉強をやめ法被を着て長靴を履き

いそいそと店に出る
父は調理場に立って働いている
姉はレジで頑張っている
私は「毎度アイス！」と言って
お客さんの求めに応える
父の「いらっしゃい！」の声が一段と高い
神と神の子の間もかくなるか

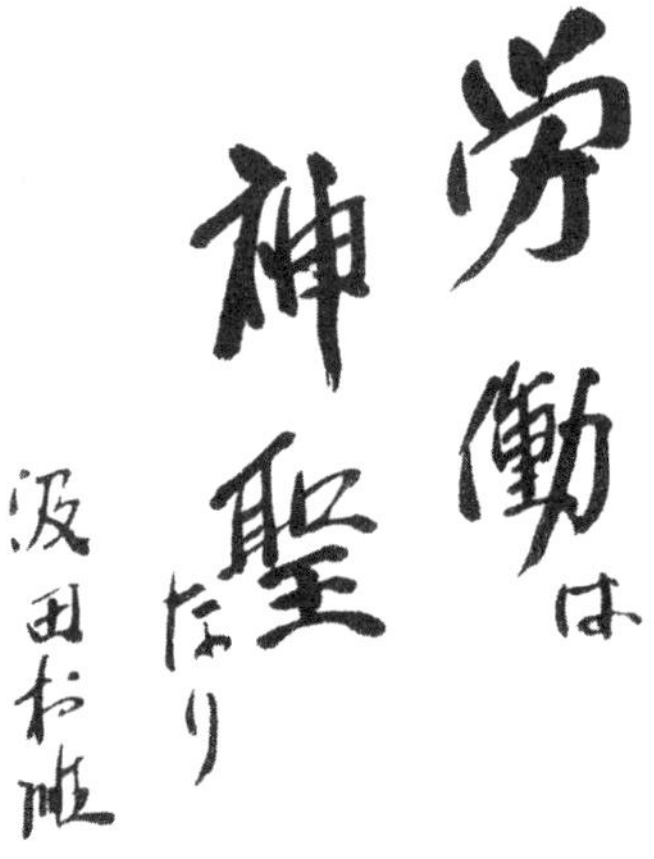

ああ　父はもういない
もう一度　父の「かつおさん」という
あの呼び声が聞きたい　聞きたい……
　亡き父と　語りあかしたし　春の宵　（甘草）

今年（二〇二三年）の五月五日は、父の五十回忌です。あれから半世紀が過ぎてしまいました。でも、父は今も私の心の中に生きておられ、天界から私を見守っていることでしょう。

私が宮崎県立看護大学へ転勤した年、息子の直久が肝臓がんで亡くなりました。その年の四月、息子の念願だったレストラン「ラピュタ」を名古屋で開業しました。息子夫婦は張り切って家業に勤しんでいました。私は何の心配もなく、大学の仕事に励んでいたところ、息子の嫁からの電話で息子が入院し、末期の肝臓がんだと聞かされたときは、大ショックでした。

担当の医師は、私に「彼にがんを告知するのはあまりにも残酷だ」と言いました。私も息子には「肝硬変」だと言いました。

彼はどうしても私に会いたいと言い、飛行機で妻と三歳の娘（楓）を連れて宮崎へ来てくれました。楽しいひとときを過ごして帰っていきました。

その五日後、彼は他界しました。

彼には自分の健康について過信があり、日常生活で健康管理に落とし穴があったのかもしれません。しかし妻子を残して三十六歳の若さでこの世を去らねばならなかった彼の心はいかばかりであったか……思えばつらい。あれから二十五年余りの歳月が経ちましたが、思い出すたびに胸が痛くなります。

彼の妻（ゆかり）はずっと「ラピュタ」を守り、営業を続けてきました。孫娘の楓は、愛知芸術大学の大学院を出て就職し、「空間デザイナー」として仕事をしています。

息子が一生懸命に天界から応援しているように思えてなりません。

私は孫娘が成人した後も、父のことを忘れないでほしいと念願し、息子の知人・友人から彼の思い出を文章にしてもらい、『また会う日まで』（汲田直久追悼文集）を作って自費出版しました。彼の妻のゆかりはこう書いています。

「私は、直久さんに出会え、本当に幸せです。ありがとう。楓を見守ってください。頑張ります。応援して下さい。そして、また会いましょう。」

私は「あとがき」にこう書いています。
「この文集を読み、親である私に、私の知らない息子の姿を初めて知らされ、本当に驚きました。彼は何と多くの皆さんに愛され、導かれ、支えられ、お世話になったことでしょう。感謝の思いでいっぱいです。……魂で愛する者同士に別離というものはないのです。愛は永遠なのです。……どうか残された嫁のゆかりと孫の楓へのご厚誼をこころからお願いするものです。」

いまでも思うのですが、息子の体に異変が起こる前に、きっと「予兆」があったはずです。その「予兆」に気づき、健康診断を受けさせなかったのは、私の責任です。

何事にも、「予兆」に気づくことの大切さを痛感しました。
息子は短い生涯でしたが、良き伴侶に恵まれ、良き友達と交流でき、私にとっては素晴らしい孫娘を遺してくれたことに感謝です。

彼は明るい性格で、思いやりがあり、誰にでも好かれる子でした。彼の親友はこう述べています。

「友人に聞くと、自分がそんな状態（重篤）であるにもかかわらず、まだ友達を気遣っていたという。彼は、やっぱり汲ちゃんだった。昔からずっとそんな奴だった。」

妻のゆかりはこう述懐しています。

「私にとっても、楓にとっても、直久さんと一緒に共にした時間は短いです。もう少し一緒にいたかったです。でも、すばらしい時間ばかりです。もう一度、直久さんと夫婦となり、楓と三人で出来なかった家族をするつもりです。私は、どんなに疲れていても、お店に来ると元気が出ます。〝今日も頑張ろう！〟と思えるのです。お客様も応援してくれます。うれしくて、また頑張ろうと思います。」

（『また会う日まで』汲田直久追想文集より）

第4章　最近思うこと

・コロナ禍の三年余り何をしてきたか

コロナ禍で、私の生活は大きく変わりました。月三、四回の出講が全部中止になりました。

その代わり、私達夫婦を含めて、六、七人で、我が家において輪読会をいたしました。テキストは谷口雅春先生の『生命の実相』第七巻などでした。

輪読のよさは、少人数で読んだ後、本を読んで感じたことと自分の生活で感じていることとを結びつけ感想を出し合えることです。そしてコロナ禍でつらいことなどを吐露する場にもなるということです。

また、私の場合は、孫達から示唆されてやったことが二つあります。

一つは、孫達がやっていたＮＨＫのラジオ講座「中学生の英語２」を、私達夫婦もやろうと決め、この三年間続け、今も継続しています。実に楽しいです。記憶力の錬磨にもなります。

もう一つは、小学三年生の孫が、「ひまだから新聞」というものを自分ひとりで作り、教室の壁に貼って発表しているのです。その内容は、日ごろ感じていること、家族のこと、そしてクイズなどもあります。

クイズの中には、「明治維新に功績のあった三人を、次の中から選んでください」というものもありましたが、西郷隆盛・大久保利通・坂本龍馬・木戸孝允などの中に、なんと自分の名前が入っているのです。新聞の命名もユーモラスです。

そこで、私は孫からヒントをいただいて、「ひまだから通信」を毎日パソコンで書き続け、それを三冊の冊子にして印刷し、子どもや孫達や知人に読んでもらいました。その中に、「生長の家」の教えも盛り込んで、伝道の一環としました。

九十歳を機に、妻の勧めで、月一回の「絵てがみ教室」に通い、また月二回の「書道教室」にも通い、「九十歳の手習い」を始めて今も続いております。新しい挑戦です。昨日より今日はもっと上手になろうという向上心が喚起されております。

・当たり前に感謝

「あらゆる人間の不幸は、当たり前で喜べないために起こるものであることを知れ。当たり前で暮らせるようになったとき、その人の不幸は拭い取られる」（谷口雅春）

我々は「当たり前に慣れっこ」になって、「当たり前」に感謝することを忘れている場合が多々あります。

「日本に生まれたこと」「毎日が平穏無事に暮らせること」「夫婦が健康で相和し

ていること」「親子がお互いにいたわりあっていること」「子どもが無事成人して自立して生活していること」「きょうだいの仲がよいこと」「隣人との関係に何ら支障がないこと」「生活に必要なものが与えられていること」「必要とされる仕事があること」等々、「当たり前」のことで、何ら感謝するほどもないと日ごろ思っていることが、それらがひとたび失われたとき、あれは何とありがたいことだったのかと気づかされるのであります。

例えば、病気になってはじめて健康のありがたさを知る体験をした人は多いことでしょう。私もその一人です。

「当たり前」の生活に不足の思いを抱くのは、感謝の思いを忘れたとき、他と比較して他を羨望したとき、言葉に慎みがなくなり、他者を批判・排斥したとき、老化して自分の身体が思うように動かなくなったとき、恵まれていることよりも、欠けているところばかりを見るようになったとき、これからの生活に不安を感じて心配ばかりするようになったとき、などではないでしょうか。

「当たり前」の生活に感謝できなくなったとき、神様との感応道交のパイプが切れて、必要なものが必要なときに与えられぬようになり、不幸の道に転落するようになってしまいます。

「禅語」に「『求心《ぐしん》』やむところ、すなわち無事」というのがあります。この「求心」は求道心のことではなく、期待過剰（実は依頼心・依存心の表れ）の心、「我」の心であり、相手が自分の求めに応じないとき、不足の思いになり、心は平安でなくなります。

常に「生かされていることに感謝できる」人は、「当たり前」に感謝できるでしょう。常に光明面を観て心が上機嫌の人も同じです。そして、「当たり前」を喜べるようになったとき、不幸は拭い去られることでしょう。

・陰極は必ず陽転する

私の実家にとって、昭和十八年（一九四三年）という年は、最も暗い年でした。母が病没し、戦時中の統制経済で家業は制約され、長兄は肺結核で入院中でした。家の雰囲気は陰鬱でした。しかし、父は弱音を吐かず、姉も家事に努めていました。それからの七年間は、父も姉も、私も、それぞれ役割を果たしていました。

昭和二十年に終戦となり、営業が自由にできるようになり、私は旧制中学で勉強していました。やがて、父は再婚し、姉も家を継いで結婚し、昭和二十五年（一九五〇年）、現在の三代目の男の子が誕生しました。明るい日差しが我が家に入り、活気が出てきました。私も旧制高等学校に入学できました。

谷口雅春先生は、次のように述べておられます。

「暗黒は光明のあらわれる始めであり、台風はその一過後の晴天のあらわれる始めである。『必ずよくなる。必ずよくなる。神はこの暗黒を切り抜けるための智慧を与えてくださるのである』。

暗黒は如何に濃く垂れこめて、あなたの前途を蔽おうとも、毎日、毎時、この念をなし、つねにこのように祈りつつ、目の前にある仕事の解決に全力を注いで行くようにするならば、その祈りの想念は宇宙に漂う〝建設的な実相の想念〟と波長が合い、実相世界からその暗黒を吹き払う光の念波《ねんぱ》が天降って来て、その解決に必要な要素が自然に整うてくるのである。いかなる困難といえども、困難は実相の世界にはないのであるから、私たちが実相世界の光の余波に波長を合わして自然に導かれる過程に従って行動さえすれば、必ず暗黒を消して光明輝く成果を挙げるときが来るのである。」（『人生の秘訣365章』一三九頁）

現在は、陽転直前の「陰極」の時機かなと思います。外界を見る限り、暗いニュースばかりです。現象世界にのみ目を奪われている人は、うつ的に悲観的にならざるを得ない世相です。

しかし、現象の奥にあるものを見る人は、きっと「陽転」の兆しを観るでしょう。そこに神意が顕れているに違いありません。「陽転」の兆しとは、私達の身近なところにもあるはずです。

七人の日々成長している孫達を見ていますと、彼らは間違いなく、次世代のリーダー達です。私は、彼らに希望を持っています。いま、いたるところに「陽転」の兆しを見出すことができるでしょう。

・無の豊かさ

「無の豊かさ」の中に自適している方がおられます。妻の短歌の師、加藤朱美さんです。

加藤さんは先年「舌がん」を患い、手術を受けられ、今はもっぱら短歌の指導に当たっておられます。
加藤さんの作られた短歌に次のようなものがあります。

思うだに余剰なるもの削ぎ落とし余生に送らむ無の豊かさ

その人の立場にならないと本当の気持ちは分かりませんが、「余剰なるもの」とは、生活になくてはならないもの以外のものでしょう。例えば、地位・肩書・名誉・財宝・豪邸・野心などです。要するに、肉体人間の過剰な欲望です。「余剰なるもの」を削ぎ落としたら、気楽になってひたすら自分の使命を全うすること、今自分にできることに「一意専心」できるということから、「無の豊かさ」の中に生きることができるのだという心境、それがこの短歌に込められているように思います。それはその境地に至っていない自分の推察です。これが「人間本来の生き方」なのかもしれません。

この心境になると、不思議とよき気づき、着想が湧いてきます。それが「豊かさ」の一面でしょう。

「求心《ぐしん》やむところ即ち無事」という句（作者不知）があります。この「求心」とは、求道心のことではなく、期待過剰の心・依存心・依頼心のことです。「求心」がなくなる（削ぎ落される）と、心が平安になるという意味が、この句には込められているように思います。加藤さんの短歌の「無の豊かさ」の一面が、「心の平安」ではないでしょうか。

イエローハットの創業者、鍵山秀三郎さんの言葉に、こんなものがあります。「リーダーとして一番心しなければならないのは、『至誠、神の如し』ということに尽きるのではないかと思っています。」

この「至誠」とは、「余剰なるものを削ぎ落した心境」ではないでしょうか。「至誠」の中に「無の豊かさ」があるように思います。今回のＷＢＣの時、「侍ジャパン」の監督として優勝した栗山英樹さんはまことに「至誠」の人です。

田坂広志さんの『死は存在しない』という書の中に、次のような言葉がありま
す。

「無から壮大な森羅万象の宇宙を生み出した」

〈コメント〉「神の宇宙創造」を言っているように思います。

「『自我』が消えていくに従って、『苦しみ』も消えていく」

「『静寂意識』の中にあるならば、不思議なほど必要な時に何かの『声』が聞こえてくるのである」

これらの言葉にも「無の豊かさ」というものがどういうものかを教えてくれています。

「無一物中無尽蔵」というのは「無の豊かさ」であり、それがこの短歌の中に示唆されているように思いました。

・高齢者の報恩行について思う

九十歳を過ぎてから私はしきりに、以前にお世話になったり、迷惑をかけたりした人達のことが思い出されます。

父母をはじめ、一人ひとりの顔が鮮明に浮かんできます。実は、世話になったり迷惑をかけた人のごくごく一部にすぎません。例えば、生まれた時に、誰にどのような世話になったか知りません。

私が生きていく上で必要なものを、誰が作り、誰が運んでくれたのか、まったく分かりません。今日まで、生きていく上で世話になった人、迷惑をかけた人の数は数えようがありません。これらの人々にどのように報いたらよいか、分かりません。

特に私を愛し支えてくださった、目に見えない存在に対しては、ただただ感謝するしかありません。

どのように報恩したらよいか、途方に暮れます。

先祖はどうしていたかと思うと、はっきりしていることがあります。それは、自分の子どもや近親者の世話をして、命を繋いでくれたことです。それしか報恩のしようがなかったからでしょう。またそれは、神の御心でもあったのではないでしょうか。

そう思いますと、今自分でもできることはたくさんあります。思いついたことを一つ一つやるしかありません。感謝の思いを込めてやらせていただきます。

もう一つできることがあります。それは自らを成長させることです。ということは、私の世話をしてくれ、迷惑をかけたことを許してくれたのは、私の成長を願ってのことだと思うからです。

・妻のおかげで幸せです

再婚して三十五年の月日があっという間に経ちました。

私たちは「生長の家」の信徒であり、「朝起き会」の会員ですので、共通の価値観を持っています。基本的な考え方が一致していることが幸せです。

私は、再婚して人間関係が拡がりました。彼女のきょうだい（六人）とその連れ合い、彼女（妻）の娘二人とその連れ合いとの交流は、私の人生を豊かにしました。彼女のきょうだいと一緒に、何回も国内外の旅行を楽しみました。

彼女は料理が上手で、おいしくてバランスの取れたものをいつも作ってくれました。おかげで、健康で大満足の暮らしを享受できました。

七人の孫達はみな個性的で、意欲的で、将来が楽しみです。すでに社会人として自立した孫が三人おります。職業は、一人は空間デザイナー、二人目は小学校の教師、三人目は消防士です。それぞれが、望んだ職に就いて仕事に励んでおります。

この恵まれた境遇に唯々感謝です。

悲しみや峠も過ぎたふたりなり無事を願いて祝福おくる

（妻・千穂子の短歌）

・まず我等の為すべきこと

「まず為すべきこと」とは、誰しも自分に問うテーマのひとつです。「まず」とありますから、自分が当面している課題を思い浮かべます。

この夏の酷暑で思い知らされたのは、地球温暖化がこれ以上進めば、地球上に人間も生物も住めなくなるのではということです。地球温暖化の影響が憂慮されます。

この状態を作り出したのは、神ではなく人間の「近欲《ちかよく》」の所業です。この大切な地球を存続させるために、未来世代のために私達一人ひとりができることをして温暖化防止に努めなければならないと切に思います。これは待ったなしの課題です。

「遠き慮りなければ近き憂いあり」です。今こそ自己の為すべきことを実行せねばなりません。私はこの自覚をもって日々の生活を律してまいります。

高齢者の私は、日常の健康管理を大切にします。

STOP! 地球温暖化!
Where is my house?
私の家はどこ!

貝原益軒は日常生活のありかたとして「身は忙しく、心は静かに」を説いておられます。体はよく動かし、心は平安平静に保つということです。

私は妻との朝夕のウォーキング・体操、朝起きたら掃除機で家の中をきれいにすることを心がけています。なかなか守れないのは「小食をする（腹八分目）」「間食をしない」ことです。何より「感謝して食する」ことが大切です。

また、パソコンは一時間で切り上げる、テレビは夜八時過ぎには見ない、何があっても「囚われない」、疲れたら「深呼吸をする」ことも心がけています。

高齢者の健康管理は、自分のためであり、まわりの身近な人に迷惑をかけないなど、社会貢献のためでもあります。

私のモットーは「今日一日、安らかに、朗らかに、喜んで進んで働きます」です。

私は一九九九年九月に『晩節を生きる』（朱鷺書房）を世に出しています。

今から二十四年前のことです。来るべき「晩節の時代」を「晩生」（心身ともに健康な晩年を生きる）、「晩晴」（こころ晴れやかに生きる）、「晩成」（最後に笑う）と捉えています。図らずも、「最後に笑う」を残し、後はほぼ予想通りの人生を歩んできました。まさに「唯心所現」です。

この書の中の「山本周五郎の人生哲学」という項には、次のような一節があります。

（三右衛門の口をかりて）「人間と生まれてきて、生きたことが自分にとってむだではなかった、世のなかのためにも少しは役立ち、意義があった、そう自覚して死ぬことができるかどうかが問題だと思います」

これは私自身の課題でもあります。この課題をマスターできれば、「最後に笑う」ことができるでしょう。

あとがき

おかげさまで、今のところ、杖なしで歩け、耳もよく聞こえています。快食・快便・快働・快笑、ＯＫです。ただ、一昨年、転んで右膝を骨折し、手術し入院してから、寝つきが悪くなりました。快眠がほしいところです。

妻と毎朝夕、二、三十分ぐらいウォーキングをして、体操をし、良書を輪読しております。また九十歳より始めた書の練習もしております。近所には親しい人がいますし、文通する仲間が何人もいますし、毎日「私のメモ帳」を、パソコンを使って書いています。

最近、こんな詩を書きました。

「独楽」と「人間」

「独楽」が勢いよく回っている時は、
「独楽」は安定しています。
「独楽」の回り方がおそくなりますと、
「独楽」は不安定になり、やがて倒れます。
「独楽」に〝中心棒〟がなければ、回りません。
「独楽」を「人間」にたとえれば、
「独楽」の中心棒は、「人間」の場合、信念です。
「独楽」が勢いよく回るのを人間にたとえてみれば、
いまなすべきこと、やるべきことが自覚されていて、それに全力で集中して懸命になされている姿です。
そのときは、人の心は安定しています。
信念がぐらつき、
いまなすべきこと、やるべきことが不明で、
ただ生きているという状態は、
「独楽」の回り方がおそくなり、
ぐらついている状態は、
情緒が不安定で、やがて倒れます。
私は体験から、このことに気づきました。

いま、自分は何をなすべきか、世のため人のために、自分のできることは何か、
それをしっかり自覚して、それに集中することが求められています。
この「自分史」を書いて、孫達や次の世代の人達に参考にしてもらうことが私

の使命であると思い、精一杯務めています。このような課題を与えてくれた文芸社・毎日新聞社に感謝しております。

今、人類は未曽有の危機に直面しています。温暖化の進行と異常気象の続発による災害、核戦争の可能性、食糧危機等々、このときに自分は何をなすべきかが問われています。

コロナ禍から解放された現在、過去十二年余り、毎月（但し、八月と十二月を除く）、わが家で行われてきた人間学学習会（多いときは二十人くらい、少ないときは五人くらいの参加で、一二四回続きました）を再開すべきではないかと思っています。

その学習会は、人間の本質認識を核とした自利利他の精神の覚醒など、今我々に求められることを先哲に学びながら、お互いに率直な意見交換をすることです。

千玄室氏は一〇〇歳のお歳で、最近、ハワイに出向き、一時間の講義を四回行ったとのことです（『致知』二〇二三年五月号）。
私も、千氏のことを思えば引っ込んでいられないとの思い深甚です。

著者プロフィール

汲田 克夫（くみた かつお）

昭和６年12月26日生

昭和24年　旧制松本高等学校文科乙類１年修了

昭和26年　東京大学教養学部文科２類に入学

昭和30年　同大学学校教育学科卒業

東京大学大学院人文科学研究科（学校教育学専攻）入学

昭和32年　同大学修士課程修了

東京大学教育学部助手

昭和35年　愛媛大学教育学部助手

昭和40年　大阪教育大学専任講師

昭和51年　同大学教授

平成４年　同大学退職（名誉教授）

大阪工業大学特任教授

平成９年　同大学退職

宮崎県立看護大学教授（兼・学生部長）

平成13年　同大学退職

平成13～14年　同志社大学非常勤講師

大学では、教育学・日本教育史・保険思想史・学問論・人権論・倫理学・指導論・生涯学習論・道徳教育などを担当

主な著書『近代保健思想史序説』（医療図書出版社）

『晩節を生きる』（朱鷺書房）

『人生の応援歌』（新風舎）

『生命の教育と人格形成』（上巻・中巻・下巻）（自主出版）

『未来世代へ』（自主出版）

現在、「生長の家」地方講師

趣味　読書、書道

モットー　生涯育ち盛り

※孫の根来謙三君、絵を提供してくれてありがとう。

本文イラスト　汲田克夫、根来謙三

生涯育ち盛り

2024年４月15日　初版第１刷発行

著　者　汲田 克夫
発行者　瓜谷 綱延
発行所　株式会社文芸社
〒160-0022　東京都新宿区新宿１－10－１
電話　03-5369-3060（代表）
03-5369-2299（販売）

印刷所　図書印刷株式会社

ISBN978-4-286-25185-1